SOCIÉTÉ DES AMIS DES ARTS DE GRENOBLE

EXPLICATION

DES OUVRAGES

DE PEINTURE, DESSIN, SCULPTURE,

Architecture, Gravure,

LITHOGRAPHIE & PHOTOGRAPHIE,

EXPOSÉS

À LA BIBLIOTHÈQUE ET AU MUSÉE

le 15 juillet 1866.

PRIX : 50 CENT.

GRENOBLE,

IMPR. DE GRENIER ET MARLIOLIE, LIBRAIRES-LIBRAIRES

SALON DE 1866.

AVIS.

Du 15 juillet au 19 août, l'exposition sera ouverte tous les jours de la semaine (le mardi excepté), depuis *onze heures du matin jusqu'à cinq heures du soir.*

L'entrée sera gratuite tous les jours d'ouverture, à l'exception du vendredi de chaque semaine. Il sera perçu ce jour-là un droit d'entrée de 1 fr. par personne.

Le droit d'entrée des deux premiers jours (15 et 16 juillet) est fixé à 50 centimes par personne.

Abréviations.

Cl. Classe.

Méd. Médaille.

Nota. — Nous avons toujours fait suivre le mot *méd.* du nom de la ville où elle avait été obtenue, quand cette indication ne s'y trouve pas c'est que la médaille a été décernée aux expositions de Paris.

EXPLICATION

DES OUVRAGES

DE PEINTURE, DESSIN, SCULPTURE,

Architecture, Gravure,

LITHOGRAPHIE & PHOTOGRAPHIE,

EXPOSÉS

A LA BIBLIOTHÈQUE ET AU MUSÉE

DE GRENOBLE,

Le 15 juillet 1866.

GRENOBLE,

BARATIER FRÈRES ET DARDELET, IMPRIM.-LIBRAIRES,

Grand'rue, n° 4.

1866

Grenoble, imprimerie BARATIER frères et DARDELET. — 14-7-66.

MEMBRES DE LA COMMISSION

DE LA

Société des Amis des Arts.

Président honoraire. M. J. VENDRE, maire de la ville de Grenoble.

Président. M. MICHAL-LADICHÈRE, avocat, membre du Conseil municipal.

Vice-Présidents. M. L. PENET, juge au tribunal de commerce, membre du Conseil municipal.

M. F. BRETON, colonel du génie en retraite, membre du Conseil municipal.

M. PETIT, président de chambre à la Cour impériale.

Secrétaire général. M. GABIEL, bibliothécaire en chef de la ville de Grenoble.

Secrétaires de section. M. ALBERT, avocat, membre du Conseil municipal.

M. FARGE, avocat, membre du Conseil municipal.

M. MALLEIN (J.-C.), avocat.

Trésorier. M. POUSSIELGUE, directeur de l'Association alimentaire.

MM. ARNAUD (Joseph), ancien maire et ancien député.
BACHE, voyer en chef du département.
BAUDINOT, ingénieur des mines.
BELMONT (de), capitaine d'artillerie.

MM. Béranger, avocat général à la Cour impériale.

Berger, membre du Conseil général, avocat général.

Beylié (de), rentier.

Bigillion (Emile), greffier en chef du Tribunal civil.

Bougault, chef d'escadron d'artillerie.

Couraud, professeur à la Faculté de droit.

Dausse, receveur municipal.

Ducoin (Adolphe), propriétaire.

Baron Dupont-Delporte, membre du Conseil municipal.

Faure-Durif, avocat.

Leborgne père, président de la Société de patronage, conseiller municipal.

Maignien, doyen de la Faculté des lettres.

Martène (de), membre du Conseil municipal.

Péronnet, architecte.

Rallet (Alphonse), propriétaire et maire de Biviers.

Robert (Jules), négociant.

Comte de Saint-Ferriol, propriétaire.

TABLEAU STATISTIQUE

des

EXPOSITIONS ARTISTIQUES DE LA VILLE DE GRENOBLE.

DATE des exposi- tions.	NOMBRE DES OUVRAGES EXPOSÉS.							Total.
	Pein- ture.	dessin	Sculp- ture.	Gra- vure.	Archi- tecture.	Photo- graphie	Écoles de la Ville	
1832	120	4	15	»	6	»	7	152
1833	43	16	16	»	4	»	»	69
1835	90	32	15	»	3	»	»	140
1837	64	34	»	»	10	»	18	126
1839	117	18	6	»	7	»	30	178
1842	121	40	6	»	13	»	12	192
1845	114	15	6	»	5	»	5	145
1850	152	32	15	2	3	»	14	218
1853	141	30	21	22	»	»	44	258
1857	207	1	34	»	7	10	»	259
1866	248	55	71	8	2	22	63	469

Nous avons pensé que ce tableau ne serait pas sans intérêt pour le public. Il n'a pas besoin de commentaire; cependant nous devons dire, pour être vrai, que la Société des Amis des Arts, fondée en 1832, n'a pris, — comme Société, — aucune part aux expositions de 1853 et 1857, organisées par des commissions municipales.

Aujourd'hui, cette Société renaît...., et quatre mois ne se sont pas encore écoulés (1) que déjà elle ouvre

(1) L'approbation administrative nouvelle de la Société est du 31 mars dernier.

un salon que nous envieraient justement bien des villes de premier ordre.

La *Société des Amis des Arts* a ainsi répondu aux espérances qu'elle avait fait naître : et la commission a rempli son devoir.

A nos concitoyens maintenant à remplir le leur, en s'inscrivant sur nos listes soit comme sociétaires, soit comme actionnaires (1).

(1) Les actions simples sont de 5 francs. Les Sociétaires payent une cotisation annuelle de 10 francs, se convertissant, à chaque exposition, en autant d'actions que la somme versée représente de fois la somme de 5 francs. — Chaque action (de 5 francs) participe au tirage au sort de tous les objets achetés par la Société.

EXPLICATION

DES OUVRAGES

DE PEINTURE, SCULPTURE, GRAVURE,

LITHOGRAPHIE, ARCHITECTURE

ET PHOTOGRAPHIE ARTISTIQUE,

EXPOSÉS

A LA BIBLIOTHÈQUE ET AU MUSÉE DE GRENOBLE,

LE 15 JUILLET 1866.

PEINTURE.

ANASTASI (AUGUSTE), né à Paris, élève de Paul Delaroche et de M. Corot.

Méd. 1848, — 1853, — 1865; — hors concours.

A Paris, rue Navarin, 12.

1 — Clair de lune en Hollande.

2 — Chaumière normande.

ANTIGNA (JEAN-PIERRE-ALEXANDRE), né à Orléans, élève de Paul Delaroche.

Méd. 3e cl. 1847; — 2e cl., 1848; — 1re cl. 185 — ✻ 1861; — hors concours.

3 — Un jeune mendiant breton.

ANTIGNA (Mme HÉLÈNE-MARIE), née à Melun, élève de MM. Auguste Delacroix et Antigna.

A Paris (Batignolles), rue Trezel, 17.

4 — Discussion de l'adresse.

BAILLY (LÉON-CHARLES ADRIEN), né à St-Omer (Pas-de-Calais), élève de M. Léon Cogniet.

A Paris, avenue d'Eylau, 119, square Montespan, 1 bis.

5 — Les Laveuses du Portel (Boulogne-sur-Mer).

BAVOUX (CH. J.-NESTOR), né à Lac ou Villers (Doubs), élève de M. Picot.

A Besançon, 21, rue Neuve.

6 — Village de Nancray (Doubs).

7 — Avant l'orage.

BEAUFORT DE LAMARRE (HENRI).

A Saint-Nazaire (Isère).

8 — La partie de boule des curés après la conférence.

9 — Fontaine à Saint-Nazaire.

BELLIN (GASPARD), élève de MM. Lamarque et Chauvin.

A Moulins (Allier), rue de la Flèche, 5.

10 — Rembrandt faisant mordre une planche à l'eau forte.

(*Voir aux* DESSINS.)

Feu BELLANGÉ (Joseph-Louis-Hippolyte), né à Paris, élève de Gros.

Méd. 2e cl. 1824 et 1855, — ✳ 1834, — O. ✳ 1861.

11 — Le défilé après la victoire (Napoléon Ier).

BELLANGÉ (Eugène), né à Rouen, élève de son père et de M. Picot.

Méd. à Nantes, Rouen, Boulogne et Porto.

A Paris, rue de Douai, 57.

12 — Une culbute à Palestro.

13 — Mort du général Cler à Magenta.

BENTABOLE (Louis), né à Paris, élève de M. Eugène Isabey.

Méd. de vermeil, à Rouen, 1858 ; — d'argent, à l'académie de Rouen, 1859 ; — de bronze, à Saint-Quentin, 1859 ; — id., à Melun, 1864.

A Paris, rue Pigalle, 22.

14 — L'entrée d'un port ; Souvenir de Basse-Normandie.

BERARD (Désiré), né à Saint-Pierre-de-Bressieux (Isère), élève de l'école des Beaux-Arts.

A Lyon, rue Sainte-Catherine, 13.

15 — Portrait de M. P.

(*Voir aux* Dessins.)

BERTHÉLEMY (EMILE-PIERRE), né à Rouen, élève de l'école municipale de Rouen et de M. Léon Cogniet.

Méd. d'argent et de vermeil à Boulogne-sur-Mer, Alençon, Amiens, Rouen, Porto; mention honorable, à Paris.

A Paris, Montmartre, rue Berthe, 13.

16 — Lougre de pêche de Fécamps.

17 — Entrée du port à Honfleur.

BERTHOD (Mᵐᵉ CÉCILE), née à Lyon, élève de Saint-Jean.

A Lyon, rue de la Reine, 9.

18 — Fleurs et fruits.

BERTRAND (JAMES), né à Lyon, élève de M. A. Perrin.

Méd. 3ᵉ cl., 1861; — rappel, 1863.

A Paris, boulevard Montparnasse, 161.

19 — Pèlerinage dans les Abrúzzes.

BLANC (CÉLESTIN), né à Clelles (Isère), élève de Paul Delaroche et de M. Gleyre.

A Paris, rue Notre-Dame-de-Lorette, 46.

20 — Paysans de la campagne de Naples.

BLANC-FONTAINE (HENRI), né à Grenoble, élève de M. Léon Cogniet.

A Grenoble, Grand'rue.

21 — Faucheur.

22 — Chagrin d'amour (souvenir de Savoie).

23 — La Florinde.

24 — Le repas champêtre.

25 — Le numismate.

26 — Dña Annunziata fr. d'Haïti, Portrait.

27 — L'usurier de village.

> Appartient à M. Panisset.

28 — Le passage difficile.

> (Appartient à Mme Eug. Rallet.)

BONNET (ALFRED), né à Grenoble, élève de l'école des Beaux-Arts de Lyon.

A Lyon, rue Martin, 4.

29 — Relai de poste.

> *(Voir aux DESSINS.)*

BONTHOUX (LOUIS), élève de l'école de Lyon.

A Lyon, rue de Margnolles, 3.

30 — Fleurs.

BONVIN (FRANÇOIS-SAINT), né à Vaugirard.
Méd. 3e cl., 1849 ; — 2e cl., 1850.

A Paris, boulevard de Montrouge, 13.

31 — Enfants dans les champs.

BOSQUIER (CHARLES-JOSEPH), né à Paris.

A Paris, rue Rochechouart, 31.

32 — Fruits.

BOUCHAUD (LÉON), né à Nantes (Loire-Inférieure), élève de M. Drolling.

A Paris, rue des Grands-Augustins, 18.

33 — Vue des aqueducs, prise sur la route de Frascati (campagne de Rome).

BOUCHET (Frédéric), né à Grenoble.

34 — Vue prise en Orient, d'après Belly.

BOUDIN (Eugène-Louis), né à Honfleur (Calvados).

A Paris, chez MM. Cadart et Luquet, rue Richelieu, 79.

35 — Réunion sur la plage.

36 — L'heure du bain.

BOULANGÉ (Louis-Jean-Baptiste), né à Verzy (Marne), élève de MM. Paris et Eug. Delacroix.

Méd. 3ᵉ cl. 1859.

A Romainville-le-Bois, 109.

37 — Une lisière de forêts dans les Ardennes.

BOURGES (Mⁱˡᵉ Léonide-Pauline-Elise), née à Paris, élève de MM. Th. Salmon et Ed. frère.

Méd. de bronze à Nancy et à Niort, d'argent à Genève.

A Paris, rue Saint-Georges, 54.

38 — Une rue à Anvers (Seine-et-Oise).

BRUNNER-LACOSTE (Henri-Emile), né à Paris, élève de MM. Gr. Brunner, E. Lepoitevin et Eugène Faure.

Méd. à Rouen.

A Paris, place Saint-Michel, 5.

39 — Vue du palais de l'Elysée.

40 — Faisans dorés.

BUGNOT (S.).
A Besançon.

41 — La chasse dans les Landes.

BURDIN (Mme Amélie).
A Paris, rue de Verneuil, 25.

42 — Roses coupées ; étude.

CAMINO (Charles), né à St-Etienne.
Méd. à Bayonne, Toulouse, mention à Paris.
A Paris, rue d'Abbeville, 6.

43 — Souvenir d'Afrique.
44 — Danseuse devant un café.
(Voir aux Dessins.)

CARRÉ-SOUBIRAN, né à Paris, élève de M.
Th. Chasseriau.
A Paris, faubourg Saint-Denis, 216.

45 — La musique.
46 — Une fileuse.

CHAMBOVET (Mlle Marguerite), née à Marseille.
A Nice, rue Saint-François-de-Paule, 26.

47 — La convalescente.
48 — Intérieur de cuisine.

CHAMPEL (Adrien).
A Saint-Donat.

49 — Le lever de la lune sur la côte de la Man-
che.

50 — Un chemin dans les rochers (Basses-Pyrénées).

51 — Marie-Stuart, traverse en fuyant le golfe de Solway sur une barque de pêcheur, et aborde sur les côtes du duché de Cumberland, au château de Rocheleven.

CHAPUIS (HONORÉ).
Besançon (Doubs), Grand'rue, 39.

52 — Ruisseau dans le Jura.

53 — Paysage.

CHATAUD (MARC-ALFRED), né à Marseille, élève de M. Emile Loubon.
A Paris, rue Saint-Lazare, 66.

54 — Caravane en marche ; effet du matin.

55 — Campement arabe ; effet du soir.

CHEVALLIER (HENRI).
A Lyon, rue Sainte-Monique, 1.

56 — En paradis, vue prise à Tullins (Isère).

57 — Dans les rochers (Automne).

CHOSSAT (EDOUARD DE).
A Bourg (Ain).

58 — Souvenirs du Jura.

59 — Brume du matin.

CHOSSON (Mlle MARIE), née à Tongres (Belgique).
A Paris, rue du Faubourg-Saint-Honoré, 228.

60 — Le premier portrait.

CLÉRY (Pierre-Edouard), né à Paris, élève de
    M. de Rudder.

A Paris, rue du Cherche-Midi, 55.

61 — Un coin de bois à Fontainebleau.

62 — Pleine campagne (bords de la Loire).

CONSTANTIN (AUGUSTE-ARISTIDE-FERNAND), né
    à Paris, élève de M. Couture.

A Paris, rue du Bac, 18.

63 — Nature morte.

64 — Nature morte.

CONTANT (JULES), né à Bordeaux.
    Médaille à Rouen, Boulogne, Niort, Nan-
    tes, etc.

A Libourne (Gironde).

65 — Chevaux de poste.

66 — Marchande de volaille.

COROT (JEAN-BAPTISTE-CAMILLE), né à Paris,
    élève de Victor Bertin.
    Méd. 1833, 1848, 1855 ※, 1846; — hors
    concours.

A Paris, rue Paradis-Poissonnière, 58.

67 — Entrée de village.

CORTÈS (ANTONIO), né à Séville (Espagne).
    Méd. à Rouen, Bayonne, Besançon, Metz et
    Larochelle.

A Paris, rue Chapsal, 19.

68 — Vaches et moutons.

69 — Chèvres et moutons au bord de la mer.

COTTAVOZ (Félix), né à Saint-Julien-de-Ratz, élève de Ary et Henri Scheffer.

70 — Perdrix rouge (Bartavelle).

(Appartient à M. L. Penet.)

71 — L'indiscrétion.

72 — La confidence.

73 — Le ruisseau.

« J'eus recours à un autre expédient ; je pris par la bride le cheval de Mademoiselle Galley, puis le tirant après moi, je traversai le ruisseau jusqu'à mi-jambes, et l'autre cheval suivit sans difficulté. »

(J.-J. ROUSSEAU, *Confessions.*)

COURBET (Gustave), né à Ornans (Doubs).

Hors concours.

Paris, rue Chateaubriand, 9.

74 — Un prisonnier.

75 — Marine.

COUTURIER (Léon-Philibert), né à Châlon-sur-Saône, élève de M. Picot.

Méd. 2ᵉ cl. et rappel.

A Paris, rue de Laval, 17.

76 — Basse-cour.

DAGNAN (Isidore), né à Marseille.

Hors concours.

A Paris, rue Saint-Georges, 35.

77 — Vue de l'Ile-Barbe ; étude d'après nature (1827).

DALIPHARD (EDOUARD), né à Rouen, élève de
MM. Gust. Morin et Quinaux.

Méd., Rouen, 1862 et 1864.

A Poissy, rue de Paris, 1.

78 — La mare aux grands arbres (Campine).

DANSAER (LÉON), né à Bruxelles, élève de
M. Edouard, frère.

A Ecouen (Seine-et-Oise).

79 — Un ligueur.

D'APVRIL (EDOUARD), né à Grenoble.

A Grenoble, rue du lycée, 6.

80 — Un antiquaire.
81 — Intérieur de cuisine.
82 — Portrait d'homme.
83 — Portrait de femme.
84 — Portrait de jeune homme.

DARRU (Mlle LOUISE), née au Neubourg (Eure),
élève de MM. Piette et Armand Doré.

A Paris, chez M. Nicolas, rue du Bac, 19.

85 — Fruits.

DAUBIGNY (CHARLES-FRANÇOIS), né à Paris,
élève de son père et de Paul Delaroche.
Hors concours.

Paris, quai d'Anjou, 13.

86 — Un lever de soleil.
87 — La Tamise à Woolwich.

DELAPIERRE (ALPHONSE) né à Rouen, élève
de M. Viger-Duvignau.

A Paris, avenue de la Motte-Piquet, 28.

88 — Esplanade à Charlemont (Ardennes).

DELAPORTE (Mme ADÈLE) née à Paris, élève de
Steuben.

A Paris, rue Saint-Benoît, 27.

89 — Fruits.
90 — Chien.

D'HAUSSY (ARSÈNE), né à Paris.
Méd. à Bayonne et Melun.

A Paris, rue de Lille, 37.

91 — La visite du berger pour le pansement du
piétin.
92 — Herbage des mamelons à Devis-sur-mer
(Calvados).

DOUTRELEAU (Mme Agathe), née à Epinac
(Ile-et-Vilaine).

A Paris-Passy, rue Guichard, 8.

93 — Jeune pâtre dans les landes de Bretagne.

DOZE (JEAN-MARIE-MELCHIOR), né à Uzès
(Gard), élève de M. Félon.
Méd. d'argent et d'or aux expositions de
Nimes 1854 et 1860. — Méd. d'argent au
concours régional de Montpellier 1860.
— Grande médaille à Lyon 1860. — Men-

tion honorable à Paris, 1861 et 1863. — 1re médaille d'or au concours régional de Nimes, 1863. — Méd. de 1re cl. à Périgueux, 1864. — Méd. de 2me classe à celui de Bayonne, 1864. — Rappel de la médaille d'or à l'exposition de Nimes, 1865. — Méd. de vermeil, au concours régional d'Albi, 1866.

21, Boulevard du Grand-Cours, Nimes.

94 — Le triomphe de la Vierge.

95 — Mater Dolorosa et sainte Hélène; saint Jean et saint Louis.

Composition des deux panneaux décoratifs de la chapelle de la croix de l'église de saint Charles à Nimes.

DURAND-BRAGER (Henri), né à Dol (Ile-et-Vilaine) élève de MM. Gudin et Isabey.

Méd. 3e cl. 1844, — ✻ 1844, — O. ✻ 1865.

Paris, rue de la Madeleine, 49.

96 — Marine.

DURAND (Eugène).

Au Touvet (Isère).

97 — Automne : fleurs et fruits.

DURANT (Mlle Marie), née à Bordeaux, élève de M. Ange Tissier.

A Paris, rue Clauzel-des-Martyrs, 6.

98 — La fâcheuse surprise.

(*Voir aux* Dessins.)

DUVIEUX (J.), né à Paris.

A Paris, chez M. Dumesnil, boulevard de l'Hôpital, 4.

99 — Le canal de la Corne d'or à Constantinople; soleil couchant.

ESCUYER (JULES), né à Compiègne.
Mention très-honorable à Nimes 1865.

A Manosque (Basses-Alpes), et à Grenoble, chez M. N. Maisonville, imprimeur-libraire.

100 — Petite chute d'eau dans les Basses-Alpes.

101 — Vallée de la Durance; les graviers, aux Mées (Basses-Alpes).

102 — Vallée de la Durance, de Péruis aux Mées (Basses-Alpes).

EYMONNET (JEAN), né à Commelle (Isère).
A Lyon, cours de Brosses, 8.

103 — Portrait de M. J. R., d'après photographie et souvenir.

104 — Etude d'enfant, d'après nature.

FAURE (EUGÈNE), né à Grenoble.
Méd. 1864.

Paris, rue Taitbout, 80.

105 — Une négresse; panneau décoratif.

106 — Portrait de M. E. R...

107 — Portrait de Mlle S. M...

108 — Portrait de M. D...

109 — Portrait de M. A...

110 — Dinde; étude.

FAYOLLE (M{Mlle} AMÉLIE-LÉONIE), né à Paris,
élève de Léon Cogniet.

Paris, rue Dunkerque, 29.

111 — La pauvre fille.

> J'ai fui le pénible sommeil
> Qu'aucun songe heureux n'accompagne;
> J'ai devancé sur la montagne,
> Les premiers rayons du soleil.

                    (Sonnet.)

FINES (EUGÈNE), né à Paris, élève de M. Aug.
Hesse et Léon Cogniet.

Méd. de la société libre des Beaux-Arts de
Páris.

Paris, rue Fontaine, 42.

112 — Il Tamburello.

GAUTIER (FIRMIN), né à Grenoble, élève de
l'école des Beaux-Arts et de M. Hébert.

A Paris, boulevard Rochechouard, 64.

113 — Sujet inspiré de L'Arioste et de Boccace.

114 — Rosa Mystica; grisaille.

                    (Don de l'auteur au Musée de Grenoble.)

115 — Tête de mort, étude.

GIRARDON (PIERRE-GUSTAVE), né à Lyon.

A Crest (Drôme).

116 — Le Rhône à Arles.

GIRIER (Saint-Cyr).

A La Verpillière (Isère) et à Lyon, 4, rue Vau-becour.

117 — Village du Dauphiné, l'Abreuvoir.

118 — La mare de Poisieu, Effet de pluie.

(Voir aux Dessins.*)*

GUIGOU (Paul-Camille), né à Villars (Vaucluse), élève de E. Loubon.

Méd. d'argent à Périgueux.

Paris, rue de la Tour-d'Auvergne, 38.

119 — Matinée d'automne à Cernay (Seine-et-Oise).

120 — Souvenir de Provence.

GUILLOT (Eugène).

121 — Copie d'un paysage de Claude Gelée, dit le Lorrain.

122 — Copie d'un paysage d'Hobbema.

GUY (Louis), élève de Bonnefond et de M. Duclaux.

A Lyon, rue Duguesclin, 65.

123 — Halte de muletier.

FARUFFINI (Federico), né à Sesto (Italie), élève de l'académie de Pavie.

Méd. 1866.

A Paris, rue de l'Ouest, 62.

124 — Italienne; tête d'étude.

HANOTEAU (HECTOR), né à Décize (Nièvre), élève de M. J. Gigoux.

Méd. 1864.

A Paris, rue Notre-Dame-des-Champs, passage Stanislas, 11.

125 — Une maisonnette à Briet (Nièvre).

HÉBERT (AUGUSTE-ANTOINE-ERNEST), né à Grenoble, élève de David d'Angers et de Paul Delaroche.

Premier grand prix de Rome (histoire), 1839; Méd. d'or de la ville de Grenoble, 1844; — Méd. 1re cl. (genre historique), 1851 et 1855; — ✠ 26 juillet 1853; — hors concours.

A Paris, rue Navarin 11.

126 — La jeune fille au puits.
> (Appartient à S. M. l'Impératrice.)

127 — Portrait de Mlle Charlotte de G...

128 — Jeune fille à mi-corps.
> (Appartient à M. Ernest Champel.)

129 — La perle noire.
> (Appartient à M.   )

HENRI-HUGUES, né à Paris, élève de M. Rahoult.

A Meylan (Isère).

130 — Bouquet de fleurs.

131 — Paysage en novembre.

132 — Insouciance.

133 — Paysage.
> *(Voir aux* DESSINS).

HÉREAU (Jules), né à Paris.
  Méd. 1865.
  Paris, rue du Bac, 18.

134 — Intérieur de cour.

HUGARD (Claude-Sébastien), né à Cluses
    (Haute-Savoie), élève de M. Diday.
  Méd. 3e cl. 1844, — 2e 1846.
  A Paris, rue de l'Oratoire-du-Roule, 13.

135 — La pêche de nuit, sur le lac d'Annecy.

JANCE (Paul), élève de l'école des Beaux-Arts
      de Lyon et de M. Gleyre.
  A Lyon, rue Mercière, 10.

136 — Le jardin d'hiver.
137 — Nature morte.

JEANNIOT (Pierre-Alexandre).
  A Dijon, rue Jeannin, 36.

138 — Vue prise à Bourbonne-les-Bains (Vosges); effet du matin.
139 — Fontaine de Chatenet, près Montagney
  Haute-Saône); effet avant la pluie.

JEANRON (Philippe-Auguste), né à Boulogne-
  sur-Mer, élève de Souchon et de Sigalon.
  *A Marseille, au Musée; à Paris, chez M. Gau-
  tier, rue de la Victoire.*

140 — L'île de Bazeluzzo, en Sicile.

JOULIN (LUCIEN), né à Paris, élève de M. J.
Palizzi.

A Paris, rue de Rivoli, 196.

141 — Le matin dans le parc.

JOURDAN (THÉODORE), élève de M. Emile
Loubon.

A Marseille, rue Terrusse, 41.

142 — Filature de cocons (environs d'Arles).

KIENLIN (JULES-GEORGES, né à Bitche (Moselle),
élève de MM. Picot et Antigna.

Paris, rue Clauzel, 10.

143 — Le jour de fête.

KOCK (Mlle JEANNE de) née à Versailles, élève
de M. L. de Kock, son père.

A Saumur (Maine-et-Loire) et à Paris, rue Saint-Louis-en-l'Ile, 12.

144 — La peine du talion.

KOCK (Mlle YVONE de), née à Versailles, élève
de M. L. de Kock, son père.

Saumur (Maine-et-Loire).

145 — La Loire, près Saumur.

146 — Un chemin vert.

LAFFITE (THÉODORE) né à Paris.

A Barbison (Seine-et-Marne).

147 — Une écurie à la campagne.

LANOUE (Hippolyte-Félix), né à Versailles, élève de V. Bertin et d'H. Vernet.

Prix de Rome 1841, — Méd. 1847-1861, — ✳ 1864; — hors concours.

Paris, rue Fontaine, 21.

148 — Le Pont du Gard pris en amont du Gardon.

LAVILLE (Eugène) né à Saverne (Bas-Rhin).

Paris, rue Vanneau, 39.

149 — Paysage.

LECOMTE (Mlle Alexina Cherpin).

A Lyon, place du Gouvernement, 5.

150 — Couronne de fleurs.

LEGRAND (Alexandre), né à Paris, élève de M. Léon Cogniet.

Paris, quai Bourbon, 15.

151 — Vierge.

LEMPS (Fleury-Forest de), né à Grenoble.

Grenoble, chez M. Bajat; — Lyon, rue de la Charité, 55.

152 — Le port de Grolée, bords du Rhône (Ain).

L'HERNAULT (Just), né à Remiremont (Vosges).

Paris, rue Martel.

153 — Remouleur.

LORTET.
A Oullins, près Lyon.

154 — Vue des Salines d'Hyères.

LOUBET (Jean-Louis), né à Saint-Symphorien-
d'Ozon (Isère), élève de l'école des Beaux-
Arts de Lyon et de M. Gleyre.
Paris, rue Servandony, 15, et à Saint-Sympho-
rien-d'Ozon.

155 — La rosée.

LOUTREL (Victor), né à Paris.
Paris-Montmartre, rue de l'Abbaye, 35.

156 — Hallebardier.
157 — Plage à Trouville.

MADIER (Gabriel), né à Bourg-Saint-Andéol
(Ardèche), élève de M. Gleyre.
A Grenoble, rue Saint-Vincent-de-Paul, 19.

158 — Jeune fille allant à l'école.
159 — Bouquet de ville; étude.
160 — Bouquet de champ; étude.
161 — Blondeau, tête de chien.

MAGY (Jules-Edouard), né à Metz, élève de
E. Loubon.
Paris, rue des Martyrs, 24.

162 — Le chevrier de Ben Acknoun (Algérie).

MOISSON-DESROCHES (Mlle ELISE), née à Ro-
dez, élève de M. T. Couture.

Paris, rue Cassette, 20.

163 — Pêche ; étude.

MOLLARD (Horace), né à Grenoble, élève de
M. Rolland.

A Grenoble, rue Neuve du Lycée, 10.

164 — Vue des Alpes.

MONNIER (CHARLES), né à Odessa (Russie),
élève de Calame et de M. Corot.

A Genève (Suisse).

165 — Une matinée sur le plateau du long Ro-
cher (forêt de Fontainebleau).

166 — Les dernières feuilles ; souvenir des
bords du Loing.

MOORMANS (FRANÇOIS), né à Rotterdam, élève
de l'académie d'Anvers, etc.

Méd. à Rouen, Anvers, etc.

*A Paris, chez M. Dumesnil, boulevard de l'Hô-
pital, 4.*

167 — Un intérieur au XIIIe siècle.

MOULIGNON (LÉOPOLD DE), né à Pontoise, élève
de Paul Delaroche et de M. Picot.

Méd. à Amiens, Nantes et Boulogne-sur-
Mer ; — mention honorable à Paris.

Paris, rue de Bruxelles, 36.

168 — Mauresque d'Alger et son enfant.

169 — Ancien hôtel du Cheval-Blanc à Saint-Valéry-en-Caux.

NEMOZ (JEAN-BAPTISTE-AUGUSTIN), né à Thodure (Isère), élève de MM. Picot et Cabanel.
Paris, boulevard Saint-Michel, 139.

170 — Pénélope.

NOEL (JULES), né à Quimper, élève de M. Charioux, à Brest.
Méd. 1853.
Paris, chez M. Ottoz, rue Notre-Dame-de-Lorette, 46.

171 — Une rue à Hennebon.
172 — Marché à Rennes.

OUDINOT (ACHILLE), né à Damigny (Orne), élève de M. Corot.
Paris, boulevard de Clichy, 93.

173 — Souvenir de la haute maison, près Champs (Seine-et-Oise).
174 — Bords de l'Oise, près Auvers ; étude.

OUVRIÉ (PIERRE-JUSTIN), né à Paris, élève de Abel de Pujol.
Méd. 1831, 1843, — ✠ 1854 ; — hors concours.
Paris, rue Pigalle, 11.

175 — Le château de Pierrefonds, près Compiègne.

PELLETIER (Mme Eugénie-Laurent), née à Paris, élève de M. Maréchal.

Paris (Montmartre), rue Lepic, 55.

176 — Un panier de fruits.

177 — Raisins, poires, grenades.

PERRACHON (André), élève de l'école des Beaux-Arts de Lyon.

Lyon, chemin de Francheville, 16.

Méd. de 1re cl., Toulouse, 1859; — Montpellier, 1860; — Metz, 1861; — Rappel à Toulouse, 1866.

178 — Groupe de fruits.

POIRIER (Charles), né à Valence (Drôme). Méd. à Rouen, 1864.

Paris, rue Pigalle, 62.

179 — Bords du Nil.

180 — Plage à Endoume (Marseille).

PONCET (Jean-Baptiste), né à St-Laurent-de-Mure (Isère).

Méd. 3e cl. (histoire), 1861; — Histoire et portraits, 1864; — Gravure et taille-douce, 1865.

Paris, rue Bréa, passage Stanislas, 11.

181 — Toilette de Phryné.

182 — Portrait de l'auteur.

PONCY.
Au Creux Saint-Chamond.

183 — Une bergerie.

PONTHUS-CINIER.
A Lyon, place Montazet, 1.

184 — Bucherons.

185 — Gardeuse de moutons.

RAHOULT (DIODORE), né à Grenoble, élève de M. Léon Cogniet.
A Grenoble, rue Malakoff, 3.

186 — Les quatre Commères.

JAPPETA.

Vo m'ey tan fa parla que lo gozié me cot.

PISSISIN.

J'ay de vin blanc du Pion voudria-vo beyre un cot?

FALIBEX.

Ne sari gin ma fat, j'y pensavo tot-ore,
Dona m'en tan ce pou pe me mouillié le lore.

JAPPETA.

Fa tant fret pe defour, échoudon lo dedin,
Migeon de saucisse, fricasson de bodin.

FRANQUETA.

No zon pro per iquiem dévouida la parola,
Faite routir de pan et fazon la chichola.

BLANC LA GOUTTE 1740.

187 — La porte close.

188 — Un futur académicien.

189 — Du douaire et de la tutelle.

(Appartient à M. L. R..., à Grenoble.)

190 — Un jury d'expropriation.

(1re chambre du tribunal, ancienne cour des comptes du palais delphinal, à Grenoble.

(Appartient à M. P. J..., à Lyon.)

191 — Sous la treille.

(Appartient à M. C..., à Grenoble.)

192 — A la fontaine.

(Appartient à M. B..., à Grenoble.)

193 — Retour de la foire.

(Appartient à M. R..., à Grenoble.)

194 — La terre, l'air, l'eau, le feu ; dessus de porte.

(Appartient à M. B..., à Bourgoin.)

195 — Repos de chasse.

(Appartient à M. Louis Penet, à Grenoble.)

196 — Portrait de M. M. de V.

197 — Portrait de M. M. de J.

RAILLON (JOSEPH), né à Bourgoin (Isère), élève de L. Cogniet.

A Bourgoin.

198 — L'asphixie d'après Tassaert.

199 — Portrait.

RAMBAUD (J.-B.).

200 — Bergère dauphinoise.

Appartient à M. R...

201 — Chat-huant ; nature morte.

RAVANAT (THÉODORE), né à Grenoble.

A Grenoble, rue Lafayette, 16.

202 — Le verger de Proveysieux.

203 — La nuit; environs de Saint-Marcellin.

204 — Le matin; environs de la Sône.

205 — Le Port au sel et l'étang de Berre.

206 — Le Bréda, près d'Allevard.

RAVE (Joanny), né à Lyon, élève de Drolling.
Marseille, rue de Sibié, 16.

207 — Les figues (Provence).

REYNOARD (Joseph), élève de M. Boucoiran,
directeur des Beaux-Arts, à Nîmes.
5, Place Bouquerie à Nîmes.

208 — Portrait, femme de l'auteur.

209 — L'automne, composition.

RICHARD-CAVARO (Charles), né à Vérone
(Italie), élève de MM. Ingres et Léon Cogniet.
Paris, rue Saint-Guillaume, 7.

210 — Salomon de Caus.
Il écrit son ouvrage des forces mouvantes; première
découverte de la vapeur; 1610.

RONIG (Amédée), né à Meaux, élève de M.
Durand-Brager.
Méd. à Rouen, Niort, Périgueux, Metz,
Toulouse, La Rochelle, etc.
Paris, rue des Martyrs, 24.

211 — Honfleur; effet du matin.

212 — Soleil couchant; souvenir de Normandie.

RONJAT (ETIENNE-ANTOINE-JOSEPH-EUGÈNE), né
à Vienne (Isère), élève de Bonnefond et de
M. Pirouelle.

Paris, rue de l'Abbaye, 9.

213 — Intérieur d'atelier.

(Appartient à M. Richard-Bérenger.)

214 — Une demoiselle à marier.

RIBOT (THÉODULE-AUGUSTIN), né à Bretueil
(Eure), élève de M. Glaize.
Méd. 1864, 1865.

Paris, chez MM. Cadart et Luquet, rue Riche-
lieu, 79.

215 — Tête de jeune fille.

ROYER-DELAROCHE (FERNAND), né à Grenoble.

216 — L'amour, d'après le Guide.

217 — Tête d'étude, d'après M. Eug. Faure.

ROZIER (JULES), né à Paris, élève de Bertin
et Paul Delaroche.

Argenteuil, rue des Murs-Fondus, 1.

218 — Cour de ferme en Normandie.

SAINT-FRANÇOIS (LÉON), né à Clermont
(Oise).

Paris, boulevard de Clichy, 336.

219 — Marabout en Algérie ; effet du soir.

SALLES (JULES), élève de Paul Delaroche.
A Nîmes, place Saint-Paul, 4.

220 — Marguaritina.

SCHITZ (Jules), né à Paris, élève de M. Re-
mond.

Méd. 3e cl. 1844.

25, rue des Quinze-Vingts, Troyes.

221 — Le gué des laveuses.

SERRES (Antony), né à Bordeaux.

Paris, rue Chapsal, 7.

222 — Fuite en Egypte.

SIBUET (Claude), élève de l'Ecole des Beaux-
Arts de Lyon.

Méd. à Nevers 1863.

Lyon, avenue de Saxe, 100.

223 — Fleurs; souvenir de voyage en Dauphiné.

224 — Fleurs.

SINET (Louis-René-Hippolyte), né à Péronne
(Somme).

A Villermes, près Poissy.

225 — Matinée sur les bords de la Seine.

226 — Fleurs des champs.

TERREBASSE (Mme de).

A Ville-sous-Anjou (Isère).

227 — Ruines du chateau de Mantaille (Drôme),
où Bozon fut élu roi, le 15 octobre 879, par
une assemblée de prélats et de seigneurs
du royaume de Bourgogne.

228 — Une ferme à Ville-sous-Anjou (Isère).

THEVENET (Gustave), né à Grenoble.

229 — Echappée sur le lac du Bourget.

Feu TROYON.

230 — Paysage ; animaux.

(Appartenant à M. Baudrant.)

VALERIO (Théodore), né à Herserange (Moselle), élève de Charlet.

✳ 1861 ; — hors concours.

Paris, rue de Luxembourg, 22.

231 — L'attente (Sienne-Toscane).

(Voir aux Dessins.)

VAN ELVEN (P. T.), né à Bruxelles, élève de son père.

Paris, rue du Cherche-Midi, 55.

232 — Cathédrale de Reims.

233 — C. Alaméda, à Grenade.

VEILLER (Mlle Lina de), née à Manheim (Grand-Duché de Bade), élève de M. Léon Cogniet.

Paris, rue Pigalle, 21.

234 — L'oiseau malade.

VERNAY (François).

Lyon, montée Saint-Barthélemy, 34.

235 — Fruits et fleurs.

236 — Bords du ruisseau Martin, près Lyon ; effet du matin.

VEYRASSAT (Jules-Jacques), né à Paris.

> Membre de l'académie de Rotterdam ; — Méd. argent, vermeil, Dijon, Bayonne, Troyes, Niort, La Rochelle, etc.; — Méd. d'or, Rouen, Toulouse, Porto; — Méd. d'or, Paris, 1866.

Paris, boulevard des Martyrs, 7.

237 — Cour de ferme.

238 — Rue à Saint-Jean-de-Luz (Basses-Pyrénées).

VIGER-DUVIGNAU (Jean-Louis-Hector), né à Argentan (Orne), élève de Drolling, Paul Delaroche et de M. H. Lehmann.

Paris, rue Notre-Dame-des-Champs, 60, passage Stanislas, 7.

239 — Stella; tête d'étude.

VILLA (Emile), né à Montpellier, élève de M. Gleyre.

Paris, avenue de Breteuil, 78.

240 — Pêches.

241 — Navets et escargots.

VIOT (Antony).

A Bourg (Ain).

242 — Lac d'Ilay dans le haut Jura.

243 — Hauteville (haut Bugey).

VUAGNAT (François).

A Genève (Suisse), rue des Alpes, 9.

244 — Chèvres dans les Alpes.
245 — Vaches.

OMIS.

CASTAN (Gustave), né à Genève, élève de Calame.

Genève, rue Charles-Bonnet, 9.

246 — Sous bois.
247 — Le lac.

DESSIN.

—

BAUDON (Hubert).
A Grenoble, rue Eugénie.

248 — Fusain.
249 — Fusain.
250 — Gouache.

BELIN (Gaspard), élève de MM. Lamarque et
Chauvin.
A Moulin (Allier), rue de la Flêche, 5.

251 — Vue de l'étang des Landes près Come
(Allier); dessin à la mine de plomb.

BERARD (Désiré), né à Saint-Pierre-de-Bressieux, élève de l'école des Beaux-Arts.
A Lyon, rue Sainte-Catherine, 13.

252 — *Etudes de dessin* d'après l'antique.

BIANCHI (Mme Nina), née à Paris, élève de
Perignon.
Méd. 3e cl. 1845; — 2e cl. 1848.

253 — Marie-Thérèse de France, dauphine, du-
chesse d'Angoulême, à l'âge de 13 ans.
Pastel fait d'après une miniature de Siccardi.

BONNET (ALFRED), né à Grenoble, élève de l'école des Beaux-Arts de Lyon.

A Lyon, rue Martin, n° 4.

254 — *Portrait de femme* d'après Paul Morceleze; dessin.

CAMINO (CHARLES), né à Saint-Étienne.

Méd. à Bayonne, Toulouse; — Mention à Paris.

A Paris, rue d'Abbeville, 6.

255 — Le lit du chélif; aquarelle.

256 — Le soir; aquarelle.

257 — Portrait de Mme C.; miniature.

CHAPPET (PROSPER), né à Lyon, élève de M. Sicard.

A Lyon, quai de l'Hôpital, 38.

258 — Groupe de pommes; pastel.

259 — Oranges et cerises; pastel.

CHATROUSSE (JOSEPH), né à Voiron, élève de M. Cottavoz.

A Grenoble, rue Neuve-du-Lycée.

260 — Vue d'un tombeau en Sicile; dessin au fusain.

261 — Vue prise à Sassenage; dessin au fusain.

CORNILLON (JOANNI), né à Lyon, élève de M. Bonnefond.

A Paris, rue Saint-Nicolas d'Antin, 5.

262 — Une ascension dans les Vosges; grisaille à l'encre de chine.

DURANT (Mlle MARIE), née à Bordeaux, élève
de M. Ange Tissier.

Paris, rue Clauzel-des-Martyrs, 6.

263 — Etude de Jeune fille; émail.

GASTELLIER (Mlle ZOÉ-JEANNE), née à Versailles, élève de M. Hubert.

Paris, rue du Dragon, n° 3.

264 — Le moulin près de Kernsoret (Finistère);
aquarelle.

GIRARDON (PIERRE-GUSTAVE), né à Lyon.

A Crest (Drôme), et à Lyon, quai Castellane, 5.

265 — Souvenir d'Avignon; aquarelle.

266 — Gorges Alpines (Provence); aquarelle.

GIRIER (SAINT-CYR).

*A La Verpillière (Isère), et à Lyon, 4, rue Vau-
becour.*

267 — Les Roches du Bugey; dessin au fusain.

268 — Vallée à Crémieu (Dauphiné); dessin au
fusain.

269 — Etang du Dauphiné après l'orage; dessin
au fusain.

GRANGE, née SESTIER (Mme MARIE), élève de
M. Beltrami.

270 — *Bouquet de Fleurs*; aquarelle d'après une
gravure.

HÉBERT (Auguste-Antoine-Ernest), né à Grenoble, élève de David d'Angers et de Paul Delaroche.

Premier grand prix de Rome (histoire), 1839; — Méd. d'or de la ville de Grenoble, 1844; — Méd. 1re cl. (genre historique), 1851 et 1855; — ✻ 26 juillet 1853; — hors concours.

A Paris, rue Navarin, 11.

271 — Vaneuse de Cervara; dessin d'après l'auteur lui-même.

MALLARD (Paul), né à Dijon.

A Saint-Germain-du-Bois (Saône-et-Loire).

272 — Souvenir des Alpes; dessin.

273 — Souvenir de ruines dans la Côte-d'Or; dessin.

MARGAIN (Gustave), photographe, né à Grenoble.

274 — Le plan du Lac en Oisans; dessin.

MARTIN (Mme).

A la Tronche, près Grenoble.

275 — Vue de Crémieu; dessin au fusain.

276 — Autre vue de Crémieu; dessin au fusain.

277 — 3me vue de Crémieu; dessin au crayon.

MEISSONIER (Jean-Louis-Ernest), né à Lyon, élève de M. Léon Cogniet.

Méd. 3me cl., 1840; — 2e cl., 1841; — 1re cl., 1843 et 1848; — Grande méd. d'honneur, 1855; — ✳ 1846; — O. ✳ 1856, membre de l'Institut, 1864.

A Poissy (Seine-et-Oise).

278 — La causerie; dessin.

MICHEL (CHARLES-HENRI), né à Fins (Somme), élève de M. Aug. Dehaussy.

Méd. 1865.

A Paris, chez Mme Tardif, rue Dragon, 3.

279 — Une jeune fille de Rosscoff (Basse-Bretagne); pastel.

280 — Une femme du bourg de Batz; pastel.

MIDY (Mme LOUISE-ALINI, VEUVE), née à Paris.

A Paris, rue Taranne, 11.

281 — Le goûter d'une petite paysanne flamande; étude d'après nature, pastel.

MOULLOT (THÉODORE), né à Grenoble, et DONZET, né à Avignon.

A Grenoble, rue du Vieux-Temple, 2.

282 — Vitrail (style XIIIe siècle) représentant le Christ.

Ce vitrail fait partie de ceux qui sont destinés à la nouvelle église d'Eybens.

PELLETIER (LAURENT-JOSEPH), né à Eclaron (Haute-Marne).

Hors concours.

Paris, rue Lepic, 55 (Montmartre).

283 — Site des Vosges; pastel.

284 — Forêt de Fontainebleau; aquarelle.

4

PIRODON (Eugène), né à Grenoble, élève de MM. Ernest Hébert et Jadin.

Quatre mentions honorables.

Paris, passage de l'Élysée-des-Beaux-Arts, 15 (Montmartre), et Grenoble, aux Granges.

285 — Chien vendéen ; dessin.

Meute de M. Baudry d'Asson, prix d'honneur de l'exposition canine de Paris 1865.

286 — Chien anglais ; dessin.

Meute de M. le comte d'Osmond, premier grand prix de l'exposition canine de Paris 1865.

(*Voir à la* Lithographie.)

ROBAUT (Alfred), né à Douai, élève de son père.

Douai, rue de Bellaing, 45.

287 — Éducation d'Achille par le centaure Chiron.

Fac-simile auto-lithographique d'un dessin à la mine de plomb, d'Eugène Delacroix.

288 — Le lion à la tortue.

Fac-simile auto-lithographique d'un dessin à la plume, d'Eugène Delacroix.

289 — L'empereur de Maroc et sa garde.

Fac-simile d'un dessin à la mine de plomb, d'Eugène Delacroix, auto-lithographique.

290 — Deux personnages, costumes du XVIIIe siècle.

Fac-simile auto-lithographique d'un dessin à la mine de plomb de Meissonier. (L'original se trouve sous le n° 277 de ce livret.)

291 — Album de fac-simile de dessins originaux d'Eugène Delacroix ; 1re série.

292 — Album de fac-simile de dessins originaux d'Eugène Delacroix ; 2ᵉ série.

ROUSSEAUX (Mˡˡᵉ LÉONIE), née à Paris, élève de son père.
Paris, rue des Martyrs, 30.

293 — Nature morte ; pastel.

SALLES-WAGNER (Mᵐᵉ), élève de Jacquand.
A Nîmes, place Saint-Paul, 4.

294 — Arlésienne ; pastel.

SICARD (APOLINAIRE), élève de M. Thieriat, 3 fois médaillé.
A Lyon, quai de l'Hôpital, 38.

295 — Fruits ; pastel.

296 — Fleurs du printemps ; pastel.

TAVERNIER (Mˡˡᵉ ANNA).

297 — Vue prise sur le chemin des cuves de Sassenage ; dessin à la mine de plomb.

VALERIO (THÉODORE)., né à Herserange (Moselle), élève de Charlet.
✳ 1861 ; — hors concours.
Paris, rue de Luxembourg, 22.

298 — L'ouvrière (Sienne); aquarelle.

VALLIER (GUSTAVE), né à Grenoble.
Grenoble, place Saint-André, 5.

299 — Dix dessins à la plume:
1. Médaillon de Chaffrey Carle. — 2. Sceau de Charles

VII, dauphin, pendant la guerre contre les anglais. — 3. Sceau de Louis XI, dauphin, appendu à la charte de confirmation des libertés et des priviléges de la ville de Grenoble. — 4. Médaillon d'Angelo Catho, archevêque de Vienne. — 5. Grand sceau des monnayers de l'empire. — 6. Sceau de la grande abbaye du Dauphiné, séant à Grenoble, et de la société anacréontique de la même ville. — 7. Sceaux et médailles de la Grande-Chartreuse. — 8. Médaille de l'abbaye de Saint-Antoine. — 9. Médaille commémorative en l'honneur d'Abraham Patras, de Grenoble, gouverneur général des établissements hollandais, dans les Indes orientales. — 10. Médaille de Lesdiguières.

300 — Huit dessins à la plume :

1. Jetons delphinaux. — 2 et 3. Méreaux de Vienne. — 4. Monnaies de François 1er frappée à Grenoble, Romans et Crémieu. — 5. Bulles en plomb des évêques de Gap. — 6. Des seigneurs de Montélimart. — 7. Des évêques de Saint-Paul-trois-Châteaux. — 8. Des archevêques de Vienne.

301 — Huit dessins à la plume :

1. Sceau d'un dauphin (indéterminé). — 2. Médailles de bienvenue frappées à Romans en l'honneur de François 1er. — 3. Sceaux d'universités. — 4. Sceau d'Hugues, fils cadet d'Humbert 1er et seigneur de Faucigny. — 5. Sceaux de divers personnages. — 6 et 7. Sceaux des archevêques et des fonctionnaires ecclésiastiques de Vienne. — 8. Sceaux de divers personnages.

Tous ces dessins sont extraits des planches (plus de 200 en état) destinées à une histoire complète de la numismatique et de la sigillographie dauphinoises. M. Vallier recevrait avec reconnaissance toutes les communications que voudraient bien lui faire les détenteurs de monnaies méreaux, jetons, sceaux, etc., d'origine dauphinoise.

302 — Quatre dessins à la plume (tapisserie du XVIe siècle) :

1. Danse de bergers et bergères. — 2. Bergers et bergères jouant du *Ticquet*. — 3. Scènes pastorales (avec cadre fort riche répété sur les trois autres tapisseries). — 4. Scènes pastorales.

Ces quatre dessins sont destinés à la deuxième édition de la dissertation de M. Gariel sur les tapisseries représentant les amours de Gombaud et Macée.

SCULPTURE.

—

BASSET (Urbain), né à Grenoble, élève de la ville et de M. Virieu.

A Grenoble, montée de Chalemont, 12.

303 — L'enfant et la poule ; modèle, plâtre.

304 — Etude de jeune fille ; buste, plâtre.

305 — Portrait de M. E. Buisson ; médaillon, plâtre.

306 — Portrait de X...; médaillon, plâtre.

307 — Portrait de X...; médaillon, plâtre.

308 — Portrait de X...; médaillon, plâtre.

309 — Portrait de X...; médaillon, plâtre.

BERNARD (Auguste), né à Grenoble, élève de MM. Sappey et Irvoy.

Grenoble, rue de Sault.

310 — Chapiteau ionique ; pierre de Sassenage.

BLOT (Eugène).

A Boulogne-sur-Mer.

311 — Pêcheur qui compte son argent ; terre cuite.

312 — Marchande de poissons ; terre cuite.

313 — Porteuse de crevettes ; terre cuite.

314 — Pêcheur avec ses filets; terre cuite.

315 — Pêcheur qui vend son poisson; terre cuite.

316 — Pêcheur sur son gréement; terre cuite.

CHAPPUY (VICTOR), né à Grenoble (Isère), élève
de M. A. Toussaint.

A Paris, rue Rocroy, 23.

317 — Le dénicheur d'écureuils; statue, marbre.

318 — Portrait de Mme X..., buste; terre cuite.

CHATROUSSE (EMILE), élève de Aude et d'Abel
de Pujol.

Méd. 3e cl., 1863; — méd. 1864-65; —
hors concours.

319 — La petite vendangeuse; statue, marbre.

320 — La Madeleine à la sainte Baume; terre
cuite.

Petit modèle de la statue appartenant au Ministère
des Beaux-Arts.

DONDEY (PIERRE), né à Grenoble, élève de M.
Delecole.

A Grenoble, rue des Alpes, 16.

321 — *Bas-relief* d'après l'antique; ébauche.

FABISCH (JOSEPH), né à Aix (Bouches-du-
Rhône), élève de l'école des Beaux-Arts
d'Aix.

Méd. 2e classe, 1863.

Lyon, à l'école des Beaux-Arts.

322 — Béatrix; statue, marbre.

Béatrix se tenant debout, les yeux fixés sur les

sphères éternelles, et moi je fixais sur elle mes yeux abaissés.

DANTE, *Paradis*, ch. 1.

IRVOY (AIMÉ), né à Vendôme (Loir-et-Cher), élève de Ramey et de MM. A. Dumont et Yvon.

2⁰ prix de Rome, 1854.

A Grenoble, rue des Dauphins, 1.

323 — Bacchante et faune; bas-relief, marbre.

324 — Saint Joseph; statue, albâtre.

325 — Vierge; statue, plâtre.

326 — Portrait de M. T.; buste, marbre.

327 — Portrait de Mᵐᵉ la comtesse d'A.; buste marbre.

328 — Portrait de M. le comte de St-F.; buste marbre.

329 — Portrait de M. M.; buste, marbre.

330 — Portrait de M. F. R.; buste, plâtre.

331 — Portrait de M. F. Godefroy; buste, plâtre.

332 — Portrait de M. L.; buste, plâtre.

333 — Portrait de Mᶦˡᵉ I.; buste, plâtre.

334 — Portrait de Mᵐᵉ M.; médaillon, plâtre.

335 — Portrait de Mᵐᵉ D.; médaillon, plâtre.

(Voir aux ouvrages exécutés dans les MONUMENTS PUBLICS.)

JULLIEN (HIPPOLYTE-ANDRÉ), né à Gap, élève de Duret et de MM. Guillaume et Lequesne.

Paris, rue d'Anjou-Dauphine, 7.

336 — Le captif et l'hirondelle; statue.

LANSON (Ernest), né à Orléans, élève de l'école municipale d'Orléans.

Orléans, rue des Bouteilles, n°s 16 et 18.

337 — L'Amour dans un fleuve de roses ; terre cuite.

MARTIN (Charles-Marie-Félix), né à Neuilly (Seine), élève de Duret et de MM. Loison, Lequesne et Guillaume.

Paris, rue Villiers, 30.

338 — Barnave ; buste, plâtre.

MICHEL-PASCAL (François), né à Paris, élève de David d'Angers.

Méd. 3e cl. 1846 ; — 2e cl. 1848.

Paris, quai de Bourbon, 27, et quai de Béthune, 20.

339 — Enfants tressant des couronnes ; terre cuite.

MILLEFAUT (Emile), né à la Roche-de-Glun, élève de l'école Saint-Joseph.

A Valence, rue Traversine, 15.

340 — *Faune qui pleure*, plâtre ; d'après l'antique.

RUBIN (Hippolyte), né à Grenoble, élève de Sappey et de l'école impériale des Beaux-Arts.

136, rue de Vaugirard, Paris.

341 — Pudeur et coquetterie ; statue, plâtre.

342 — Portrait de M. Théotiste L. ; buste, plâtre.

TOURNIER (VICTOR), né à Grenoble, élève de MM. Ravanat et Michel Pascal.

Paris, rue de Bièvre, 29.

343 — Vierge; statue, plâtre.

Ce modèle a été exécuté en pierre pour l'église de...
(Voir aux MONUMENTS PUBLICS.)

VIRIEU (PAUL), né au Grand-Lemps (Isère), élève de MM. Pradier et Lequesne.

A Grenoble, rue des Dauphins, 9.

344 — Jésus chassant les vendeurs du temple; groupe, plâtre.

345 — Laissez venir à moi les petits enfants; groupe, plâtre.

Ces deux modèles doivent être exécutés en pierre et sont destinés à orner l'église de la Madeleine à Paris.

346 — Caïn fuyant la colère divine; statue, plâtre.

347 — Jérémie pleurant la captivité des Juifs; statue, plâtre.

348 — L'Isère; statue allégorique, plâtre.

349 — Vaucanson; statue, plâtre.

350 — Portrait de M. Alph. Perier; buste, plâtre.

351 — Portrait de M. R.; buste, plâtre.

352 — Portrait de M. Meyer; buste, plâtre.

353 — Le drame; statuette, plâtre.

354 — La comédie; statuette, plâtre.

355 — La foi; médaillon, plâtre.

356 — Le Christ et les Apôtres; photographie d'après son bas-relief.

SCULPTURE EN BOIS.

(ARTS INDUSTRIELS.)

GERMAIN (MARIE), élève de M. Forestier.

A Grenoble, rue Casimir Perier, 1.

557 — Aigle ; bois sculpté.

558 — Bahut ; gothique, bois sculpté.

559 — Meuble à deux corps ; renaissance, bois sculpté.

560 — Bibliothèque, bois sculpté.

ROYBON (LOUIS), né à Grenoble, élève de M. Perrotin.

Grenoble, rue Villars, 1.

361 — Bibliothèque en bois de noyer ; style renaissance, avec bas-relief d'après le Poussin.

(Appartient à M. le baron Dupont-Delporte.)

562 — Cadre en bois de poirier.

Ce grand cadre a été exécuté d'après un croquis de M. le général comte de Monet, auquel il appartient.

563 — Cariatides formant consoles.

Ces deux consoles fouillées sur un bloc de bois de tilleul sont exécutées d'après un modèle du XVII° siècle.

564 — Console ; bois de tilleul (Louis XIV).

365 — Pendule de salle à manger ; sculpture fantaisie en bois de chêne.

ARCHITECTURE.

BIZOT.

A Vienne.

566 — Album contenant la monographie de plusieurs églises relevées et dessinées dans les départements de l'Isère, de la Côte-d'Or et du Loiret.

RIONDET (JULES), né à Grenoble, élève de M. Peronnet.

567 — Modèle de la chapelle de St-Ferjus, qui doit être élevée dans le cimetière de la Tronche; plâtre.

A l'échelle de 0,10 par mètre.

GRAVURE.

DARDELET (JEAN-ETIENNE), né à Autun (Saône-et-Loire).

A Grenoble, Grand'rue, 4, graveur-imprimeur.

568 — 18 bois gravés.

Les n°s 1 à 13 font partie de la *Coupi de la Lettra*, poésies en patois du Dauphiné, faisant suite au *Grenoblo malhérou*, édité par Rahoult et Dardelet, et les n°s 14 à 18 sont des bois qui ont servi au *Grenoblo malhérou*.

569 — 18 épreuves sur chine, dont 13 inédites.

Ce sont les épreuves correspondantes aux bois exposés sous le n° précédent.

570 — Spécimen varié d'épreuves de gravures sur bois.

N° 1, *Armorial et Nobiliaire de Savoie*; n° 2, *Dédicace à M. le marquis de Costa de Beauregard* (armes et cartouche); les autres sont des spécimens de tout genre.

DIDIER (ADRIEN), né à Gigors (Drôme) , élève
de H. Flandrin , de Vibert et de M. Henri-
quel.

Paris , rue Vavin , 14.

371 — *La Pudeur résistant à l'Amour,* d'après un
groupe de Jouffroy , au palais de l'Élysée.

372 — *Le jugement de Midas ,* d'après un tableau
de Rubens , appartenant à M. Pereire.

373 — *L'Amour et la Mort.*
Pour un volume de poésies.

374 — *Femmes Gallo-Romaines ,* d'après M. Al-
ma Tadema.

SOCIÉTÉ DES AQUAFORTISTES.

375 — Quatre cadres d'eaux fortes.

LITHOGRAPHIE.

PIRODON (EUGÈNE), né à Grenoble , élève de
MM. Ernest Hébert et Jadin.

Quatre mentions honorables.

Aux Granges , près Grenoble.

376 — *Samson massacrant les Philistins,* d'après
Decamps.

377 — *Saint-Grégoire,* d'après le Rubens du musée de Grenoble.

(*Voir aux* DESSINS.)

OUVRAGES

EXÉCUTÉS DANS LES MONUMENTS PUBLICS.

IRVOY, (AIMÉ), né à Vendôme, élève de MM.
Ramey, A. Dumont, Yvon.

Grenoble, rue des Dauphins, 1.

378 — Hospice de Grenoble :
    La charité ; fronton de l'édifice, bas-relief en pierre.

379 — Préfecture de Grenoble :
    Génie de l'agriculture ; statue, pierre.
    Génie de l'industrie ; statue, pierre.

380 — Grand séminaire de Grenoble :
    Saint-Joseph ; statue, pierre.

381 — Eglise de Vif :
    Vierge ; statue, albâtre.

382 — Eglise du Pont-de-Claix :
    Vierge ; statue, albâtre.

TOURNIER.

383 — Saint-Michel (photographie d'une statue
    de), exécutée en pierre dans l'église Saint-
    Michel de Bordeaux.

PHOTOGRAPHIE.

BÉRENGER (RAYMOND-ISMIDON-MARIE), marquis
    de).

Méd. 2e cl., exposition universelle de Paris
    1865 ; — de bronze, Amsterdam, 1855 ;

— Bruxelles, 1856, 1857; — d'argent, Amsterdam, 1858; — Mention honorable, Nantes, 1861; — Mention honorable, exposition universelle de Londres, 1862; — Mention honorable, exposition internationale de Dublin, 1865; — Mention honorable, *ibid* à Porto, 1865.

Sassenage (Isère).

Epreuves photographiques sur papier ciré; d'après nature.

384 — La gorge du Furon, à Sassenage (Isère).

385 — Le Chemin de Noyarey (Isère).

386 — Le Pont-de-Claix, près Grenoble (Isère).

Epreuves photographiques au collodion humide; reproduction de gravure.

387 — Gravure à l'eau-forte, par Diericij, 1740.

388 — Louis-le-Grand à ses différents âges (Benoist).

389 — La rencontre au bois de Boulogne (Moreau).

390 — Le connétable de Lesdiguières; épreuve avant la lettre.

Epreuves au collodion sec; d'après nature.

391 — Le Pont des Iles, au bois de Boulogne.

392 — Le chêne d'Henri II, au bois de Boulogne.

JOUVE.

Grenoble, montée de Sainte-Marie.

393 — Portrait de M. Whil.

594 — Portrait de . . . . .

595 — Portrait de . . . . .

596 — Portrait de . . . . .

597 — Portrait de . . . . .

598 — Portraits-carte dans un cadre.

MAIFFREDY (ALBERT), né à Marseille.

A la Turbine-Saint-Barnabé, banlieue de Marseille.

599 — Panorama de l'entrée des ports de Marseille; vue prise de la résidence impériale.

Épreuve photographique sur papier albuminé obtenue en six clichés, sans raccord au pinceau, et seulement au tirage sous les rayons solaires.

PLACET (PAUL-EMILE), né à Vores (Eure-et-Loir).

Paris, rue Garancière, 8.

400 — Cathédrale d'Angoulême (Saint-Pierre); d'après nature.

401 — Reproduction d'une gravure (demi-grandeur de l'original.

Ces deux épreuves héliographiques ont été gravées par la lumière seule et sont absolument sans retouches.

VERGUET (LÉOPOLD), né à Carcassonne.

Méd. Nimes, Bayonne, Toulouse, Porto.

Carcassonne, rue des Orfévres, 4.

402 — Album de 12 monnaies féodales de Carcassonne.

403 — Album de 230 monnaies romaines du musée de Carcassonne.

404 — Album de 5 diplômes carlovingiens, tirés des archives départementales de l'Aude.

ÉCOLES COMMUNALES.

—

ÉCOLE DE DESSIN. — Directeur : M. RAVANAT.

BASSET (Urbain), né à Grenoble.

405 — Ornement d'après un bois sculpté et doré, découvert dans les greniers de la préfecture.

406 — Bas-relief du Parthénon; esquisse.

BEYLE, né à Paris.

407 — Bas-relief, fragment des frises du Parthénon ; dessin au crayon.

CHAMOUX, né à Froges (Isère).

408 — Fragment des frises du Parthénon ; dessin.

RAFFIN (Jules), né à Grenoble.

409 — Bas-relief, fragment des frises du Parthénon; dessin.

410 — Vue des environs de Grenoble; dessin.

411 — Ensevelissement du Christ, d'après Carrache ; dessin.

THIERROS (E.), né à Grenoble.

412 — Environs de Saint-Nazaire en Royans ; dessin.

413 — Environs de Marseille, marine; dessin.

414 — Environs de Marseille, marine; dessin.

415 — Réduction d'après les frises du Parthénon; dessin.

416 — Réduction d'après les frises du Parthénon; dessin.

VAGNAT, né à Grenoble.

417 — Paysage, d'après Claude Lorrain; dessin.

418 — Paysage, d'après Claude Lorrain; dessin.

419 — Vue de Venise, d'après Canaletto; dessin.

420 — L'abbé de Saint-Cyran, d'après Ph. Champagne; dessin.

421 — Coupe de Bacchus, d'après l'antique; dessin.

VAGNAT (Louis), né à Grenoble.

422 — Paysage, d'après Hobbema; dessin.

ÉCOLE DE SCULPTURE ARCHITECTURALE. —
Directeur : M. IRVOY.

BERNARD (Eustache), né à Grenoble.

423 — Portrait de M. B...; buste, plâtre.

424 — Portrait de M. N...; médaillon, plâtre.

CHAPOT (Charles), né à la Buissière (Isère).

425 — Vase; pierre.

426 — Couronne; bas-relief, plâtre.

427 — Corniche; bas-relief, plâtre.

COTTIN, né à Saint-Joseph-de-Rivière.

428 — Un Griffon; bas-relief, plâtre.

429 — Panneau; bas-relief, plâtre.

430 — Etude au fusain.

431 — Ecorché, dessin au crayon.

DING (HENRI), né à Grenoble.

432 — Chassé; bas-relief, plâtre.

433 — Portrait de M. T...; buste, plâtre.

434 — Portrait de M. B...; médaillon, plâtre.

435 — Portrait de M. M...; médaillon, plâtre.

436 — Portrait de Mme D...; médaillon, plâtre.

437 — Portrait de Mlle B...; médaillon, plâtre.

438 — L'enfant prodigue; esquisse, plâtre.

GÉMOND (FÉLIX), né à Grenoble.

439 — Rosace; bas-relief, plâtre.

440 — Oves; plâtre.

JAY (EUGÈNE), né à Grenoble.

441 — Frise; bas-relief, plâtre.

442 — Rosace; bas-relief, plâtre.

443 — Tête de lion, plâtre.

MARCHAND (MARIUS), né à Grenoble.

444 — Tête de lion; plâtre.

445 — Rinceaux ; bas-relief, plâtre.

446 — Chapiteaux ; bas-relief, plâtre.

447 — Frise ; bas-relief, plâtre.

REYNÈRE (JEAN), né à Rossa (Piémont).

448 — Frise ; bas-relief, plâtre.

449 — Griffon ; bas-relief, plâtre.

École Professionnelle. — DIRECTEUR :
M. HAUQUELIN.

GIRARD (ALBERT), né à Grenoble.

450 — La Smala, d'après Hor. Vernet ; dessin.

FINANT (EUGÈNE), né à Vizille.

451 — Jésus au tombeau, d'après Le Titien ; dessin.

École des frères de la doctrine chrétienne. —
DIRECTEUR : Frère PHILÉMONIS.

BORGEY (Jules), né à Grenoble.

452 — Descente de croix ; dessin.

453 — Ornement ; dessin.

454 — Tête de cheval oriental ; dessin.

455 — Détails des ordres ionique et corinthien ; dessin.

456 — Locomotive ; dessin.

DEBON (LUCIEN), né à la Tronche.

457 — Pompe aspirante et foulante.

DUPRÉ (CLÉMENT), né à la Tronche.

458 — Plan d'un ponceau avec murs en retour
d'équerre.

LONGUE (JOSEPH), né à Grenoble.

459 — Saint Joseph et l'enfant Jésus.
460 — Machine à vapeur à cylindre horizontal.

ROSSET (LOUIS), né à la Tronche.

461 — Le petit zouave.
462 — Le bon camarade.
463 — Le jeune marin.
464 — Machine à vapeur à cylindre oscillant.
465 — Locomotive à marchandises.
466 — Locomobile.

RUFFIER (GABRIEL), né à Grenoble.

467 — Le révolté du Caire.

CORRECTIONS ET SUPPLÉMENT.

Sous le n° 129, *lisez :*

— Portrait de Mlle X,...

Tableaux arrivés pendant l'impression du Livret.

BOUCHAUD (LÉON), né à Nantes, élève de Drolling et de Marilhat.

Paris, rue des Grands-Augustins, 18.

468 — Jeune mère bretonne, berçant son enfant.

(Costume des environs de Quimper (Finistère).)

BAUDON (HUBERT).

469. — Portrait, photographie.

SOCIETE DES AMIS DES ARTS

www.ingramcontent.com/pod-product-compliance
Lightning Source LLC
Chambersburg PA
CBHW060800180626
46818CB00002B/641